你生活的每一天都那么特别

莎士比亚——著 梁宗岱——译
WILLIAM SHAKESPEARE

时代出版
时代出版传媒股份有限公司
北京时代华文书局

图书在版编目（CIP）数据

你生活的每一天都那么特别 / (英) 莎士比亚著 . -- 北京：北京时代华文书局，2015.2

（轻 · 经典系列）

ISBN 978-7-5699-0127-6

Ⅰ . ①你… Ⅱ . ①莎… ②梁… Ⅲ . ①十四行诗－诗集－英国－中世纪 Ⅳ . ① I561.23

中国版本图书馆 CIP 数据核字 (2015) 第 025384 号

你 生 活 的 每 一 天 都 那 么 特 别

著　　者 | 莎士比亚

出 版 人 | 田海明　朱智润
责任编辑 | 陈丽杰　刘芬芬
装帧设计 | 程　慧　段文辉
责任印制 | 刘　银　范玉洁

出版发行 | 时代出版传媒股份有限公司 http://www.press-mart.com
北京时代华文书局 http://www.bjsdsj.com.cn
北京市东城区安定门外大街 136 号皇城国际大厦 A 座 8 楼
邮编：100011　电话：010－64267120　64267397
印　　刷 | 北京朝阳新艺印刷有限公司　010－87704412
（如发现印装质量问题，请与印刷厂联系调换）
开　　本 | 880mm×1230mm　1/32
印　　张 | 6
字　　数 | 180 千字
版　　次 | 2015 年 5 月第 1 版　　2015 年 5 月第 1 次印刷
书　　号 | ISBN 978-7-5699-0127-6

定　　价 | 32. 00 元

爱，和炭相同，烧起来，得想办法叫它冷却。

让它任意着，那就要把一颗心烧焦。

爱让人变乖突然间开始温柔了起来，

爱让人变坏懂得了什么时候该耍赖。

不要只因一次失败，

就放弃你原来决心想达到的目的。

美貌、智慧、门第、臂力，
事业、爱情、友谊和仁慈，
都必须听命于妒忌而无情的时间。

明智的人决不坐下来为失败而哀号，

他们一定乐观地寻找办法来加以挽救。

男人们在未婚的时候是四月天，

结婚的时候是十二月天；

姑娘们做姑娘的时候是五月天，

一做了妻子，季候便改变了。

你可以写信到那里去，我的女王，

我将要用我的眼睛喝下你所写的每一个字，

即使那墨水是最苦的胆汁做成的。

你甜蜜的爱，就是珍宝，
我不屑把处境跟帝王对调。

宁可和初生的幼狮嬉戏，不可玩弄濒死的老狮。

一个倒运的人，是最容易被人激怒的。

抛弃时间的人，
时间也抛弃他。

迁延蹉跎，

来日无多，

二十丽姝，

请来吻我，

衰草枯杨，

青春易过。

青春的特征乃是动不动就要背叛自己，

即使身旁没有诱惑的力量。

闪光的东西，并不都是金子，

动听的语言，并不都是好话。

生存还是毁灭，

这是一个值得考虑的问题。

失去某人，最糟糕的莫过于，
他近在身旁，却犹如远在天边。

时光，凭你多狠，——————

我的爱在我诗里将万古长青。

时间的无声的脚步，——————

是不会因为我们有许多事情需要处理而稍停片刻的。

世界上还没有一个方法，

可以从一个人的脸上探察他的居心。

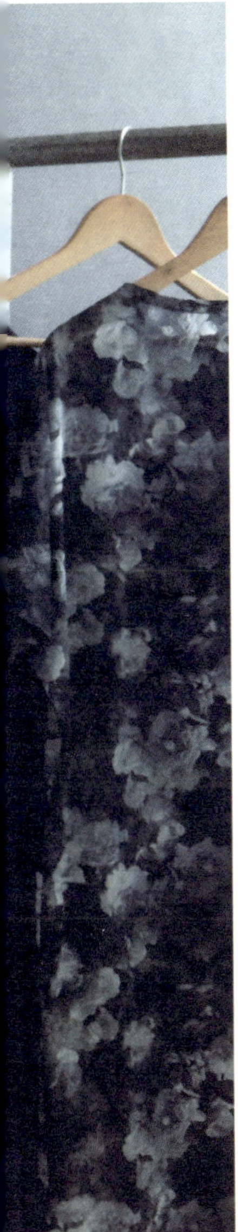

世事的起伏本来是波浪式的，

人们要是能够趁着高潮一往直前，

一定可功成名就。

誓言是否有效，必须视发誓的目的而定；

不是任何的目的都可以使誓言发生力量。

谁在席终人散以后，

他的食欲像初入座时那么强烈；

哪一匹马在见长的归途上，

会像它起程时那么长驱疾驰。

我承认天底下再没有比爱情的惩罚更痛苦的，也没有比服侍它更快乐的事

一

对天生的尤物我们要求蕃盛，
以便美的玫瑰永远不会枯死，
但开透的花朵既要及时雕零，
就应把记忆交给娇嫩的后嗣；

但你，只和你自己的明眸定情，
把自己当燃料喂养眼中的火焰，
和自己作对，待自己未免太狠，
把一片丰沃的土地变成荒田。

你现在是大地的清新的点缀，
又是锦绣阳春的唯一的前锋，
为什么把富源葬送在嫩蕊里，
温柔的鄙夫，要吝啬，反而浪用？

可怜这个世界吧，要不然，贪夫，
就吞噬世界的份，由你和坟墓。

二

当四十个冬天围攻你的朱颜，
在你美的园地挖下深的战壕，
你青春的华服，那么被人艳羡，
将成褴褛的败絮，谁也不要瞧。

那时人若问起你的美在何处，
哪里是你那少壮年华的宝藏，
你说，“在我这双深陷的眼眶里，
是贪婪的羞耻，和无益的颂扬。”

你的美的用途会更值得赞美，
如果你能够说，“我这宁馨小童
将总结我的账，宽恕我的老迈，”
证实他的美在继承你的血统！

这将使你在衰老的暮年更生，
并使你垂冷的血液感到重温。

三

照照镜子，告诉你那镜中的脸庞，
说现在这庞儿应该另造一副；
如果你不赶快为它重修殿堂，
就欺骗世界，剥掉母亲的幸福。

因为哪里会有女人那么淑贞
她那处女的胎不愿被你耕种？
哪里有男人那么蠢，他竟甘心
做自己的坟墓，绝自己的血统？

你是你母亲的镜子，在你里面
她唤回她的盛年的芳菲四月。
同样，从你暮年的窗你将眺见——
纵皱纹满脸——你这黄金的岁月。

但是你活着若不愿被人惦记，
就独自死去，你的肖像和你一起。

四

俊俏的浪子，为什么把你那份
美的遗产在你自己身上耗尽？
造化的馈赠非赐予，她只出赁；
她慷慨，只赁给宽宏大量的人。

那么，美丽的鄙夫，为什么滥用
那交给你转交给别人的厚礼？
赔本的高利贷者，为什么浪用
那么一笔大款，还不能过日子？

因为你既然只和自己做买卖，
就等于欺骗你那妩媚的自我。
这样，你将拿什么账目去交代，
当造化唤你回到她怀里长卧？

你未用过的美将同你进坟墓；
用呢，就活着去执行你的遗嘱。

五

那些时辰曾经用轻盈的细工
织就这众目共注的可爱明眸，
终有天对它摆出魔王的面孔，
把绝代佳丽剁成龙锺的老丑。

因为不舍昼夜的时光把盛夏
带到狰狞的冬天去把它结果；
生机被严霜窒息，绿叶又全下，
白雪掩埋了美，满目是赤裸裸。

那时候如果夏天尚未经提炼，
让它凝成香露锁在玻璃瓶里，
美和美的流泽将一起被截断，
美，和美的记忆都无人再提起。

但提炼过的花，纵和冬天抗衡，
只失掉颜色，却永远吐着清芬。

六

那么，别让冬天嶙峋的手抹掉
你的夏天，在你未经提炼之前，
熏香一些瓶子；把你美的财宝
藏在宝库里，趁它还未及消散。

这样的借贷并不是违禁取利，
既然它使那乐意纳息的高兴；
这是说你该为你另生一个你，
或者，一个生十，就十倍地幸运；

十倍你自己比你现在更快乐，
如果你有十个儿子来重现你。
这样，即使你长辞，死将奈你何，
既然你继续活在你的后裔里？

别任性：你那么标致，何必甘心
做死的胜利品，让蛆虫做子孙。

七

看，当普照万物的太阳从东方
抬起了火红的头，下界的眼睛
都对他初升的景象表示敬仰，
用目光来恭候他神圣的驾临；

然后他既登上了苍穹的极峰，
像精力饱满的壮年，雄姿英发，
万民的眼睛依旧膜拜他的峥嵘，
紧紧追随着他那疾驰的金驾。

但当他，像耄年拖着尘倦的车轮，
从绝顶颤巍巍地离开了白天，
众目便一齐从他下沉的足印
移开它们那原来恭顺的视线。

同样，你的灿烂的日中一消逝，
你就会悄悄死去，如果没后嗣。

八

我的音乐，为何听音乐会生悲？
甜蜜不相克，快乐使快乐欢笑。
为何爱那你不高兴爱的东西，
或者为何乐于接受你的烦恼？

如果悦耳的声音的完美和谐
和亲挚的协调会惹起你烦忧，
它们不过委婉地责备你不该
用独奏窒息你心中那部合奏。

试看这一根弦，另一根的良人，
怎样融洽地互相呼应和振荡；
宛如父亲、儿子和快活的母亲，
它们联成了一片，齐声在欢唱。

它们的无言之歌都异曲同工
对你唱着：“你独身就一切皆空。”

九

是否因为怕打湿你寡妇的眼，
你在独身生活里消磨你自己？
哦，如果你不幸无后离开人间，
世界就要哀哭你，像丧偶的妻。

世界将是你寡妇，她永远伤心
你生前没给她留下你的容貌；
其他的寡妇，靠儿女们的眼睛，
反能把良人的肖像在心里长保。

看吧，浪子在世上的种种浪费
只换了主人，世界仍然在享受；
但美的消耗在人间将有终尾，
留着不用，就等于任由它腐朽。

这样的心决不会对别人有爱，
既然它那么忍心把自己戕害。

一〇

羞呀，否认你并非不爱任何人，
对待你自己却那么欠缺绸缪。
承认，随你便，许多人对你钟情，
但说你并不爱谁，谁也要点头。

因为怨毒的杀机那么缠住你，
你不惜多方设计把自己戕害，
锐意摧残你那座峥嵘的殿宇，
你唯一念头却该是把它重盖。

哦，赶快回心吧，让我也好转意！
难道憎比温婉的爱反得处优？
你那么貌美，愿你也一样心慈，
否则至少对你自己也要温柔。

另造一个你吧，你若是真爱我，
让美在你儿子或你身上永活。

一一

和你一样快地消沉，你的儿子，
也将一样快在世界生长起来；
你灌注给青春的这新鲜血液
仍将是你的，当青春把你抛开。

这里面活着智慧、美丽和昌盛；
没有这，便是愚蠢、衰老和腐朽。
人人都这样想，就要钟停漏尽，
六十年便足使世界化为乌有。

让那些人生来不配生育传宗，
粗鲁、丑陋和笨拙，无后地死去；
造化的至宠，她的馈赠也最丰，
该尽量爱惜她这慷慨的赐予。

她把你刻做她的印，意思是要
你多印几份，并非要毁掉原稿。

一二

当我数着壁上报时的自鸣钟，
见明媚的白昼坠入狰狞的夜，
当我凝望着紫罗兰老了春容，
青丝的卷发遍洒着皑皑白雪；

当我看见参天的树枝叶尽脱，
它不久前曾荫蔽喘息的牛羊；
夏天的青翠一束一束地就缚，
带着坚挺的白须被舁上殓床；

于是我不禁为你的朱颜焦虑：
终有天你要加入时光的废堆，
既然美和芳菲都把自己抛弃，
眼看着别人生长自己却枯萎；

没什么抵挡得住时光的毒手，
除了生育，当他来要把你拘走。

一　三

哦，但愿你是你自己，但爱呀，你
终非你有，当你不再活在世上，
对这将临的日子你得要准备，
快交给别人你那俊秀的肖像。

这样，你所租赁的朱颜就永远
不会有满期；于是你又将变成
你自己，当你已经离开了人间，
既然你儿子保留着你的倩影。

谁肯让一座这样的华厦倾颓，
如果小心地看守便可以维护
它的光彩，去抵抗隆冬的狂吹
和那冷酷的死神无情的暴怒？

哦，除非是浪子；我爱呀，你知道
你有父亲；让你儿子也可自豪。

一　四

并非从星辰我采集我的推断；
可是我以为我也精通占星学，
但并非为了推算气运的通蹇，
以及饥荒、瘟疫或四时的风色；

我也不能为短促的时辰算命，
指出每个时辰的雷电和风雨，
或为国王占卜流年是否亨顺，
依据我常从上苍探得的天机。

我的术数只得自你那双明眸，
恒定的双星，它们预兆这吉祥。
只要你回心转意肯储蓄传后，
真和美将双双偕你永世其昌。

要不然关于你我将这样昭示：
你的末日也就是真和美的死。

一　五

当我默察一切活泼泼的生机
保持它们的芳菲都不过一瞬，
宇宙的舞台只搬弄一些把戏
被上苍的星宿在冥冥中牵引；

当我发觉人和草木一样蕃衍，
任同一的天把他鼓励和阻挠，
少壮时欣欣向荣，盛极又必反，
繁华和璀璨都被从记忆抹掉；

于是这一切奄忽浮生的征候
便把妙龄的你在我眼前呈列，
眼见残暴的时光与腐朽同谋，
要把你青春的白昼化作黑夜；

为了你的爱我将和时光争持，
他摧折你，我要把你重新接枝。

一　六

但是为什么不用更凶的法子
去抵抗这血淋淋的魔王——时光？
不用比我的枯笔吉利的武器，
去防御你的衰朽，把自己加强？

你现在站在黄金时辰的绝顶，
许多少女的花园，还未经播种，
贞洁地切盼你那绚烂的群英，
比你的画像更酷肖你的真容。

只有生命的线能把生命重描；
时光的画笔，或者我这枝弱管，
无论内心的美或外貌的姣好，
都不能使你在人们眼前活现。

献出你自己依然保有你自己，
而你得活着，靠你自己的妙笔。

一　七

未来的时代谁会相信我的诗，
如果它充满了你最高的美德？
虽然，天知道，它只是一座墓地
埋着你的生命和一半的本色。

如果我写得出你美目的流盼，
用清新的韵律细数你的秀妍，
未来的时代会说：“这诗人撒谎，
这样的天姿哪里会落在人间！”

于是我的诗册，被岁月所熏黄，
就要被人藐视，像饶舌的老头；
你的真容被诬作诗人的疯狂，
以及一支古歌的夸张的节奏。

但那时你若有个儿子在人世，
你就活两次：在他身上，在诗里。

一　八

我怎么能够把你来比作夏天?
你不独比它可爱也比它温婉。
狂风把五月宠爱的嫩蕊作践,
夏天出赁的期限又未免太短。

天上的眼睛有时照得太酷烈,
它那炳耀的金颜又常遭掩蔽。
被机缘或无常的天道所摧折,
没有芳艳不终于雕残或销毁。

但是你的长夏永远不会雕落,
也不会损失你这皎洁的红芳,
或死神夸口你在他影里漂泊,
当你在不朽的诗里与时同长。

只要一天有人类,或人有眼睛,
这诗将长存,并且赐给你生命。

一 九

饕餮的时光，去磨钝雄狮的爪，
命大地吞噬自己宠爱的幼婴，
去猛虎的颚下把它利牙拔掉，
焚毁长寿的凤凰，灭绝它的种，

使季节在你飞逝时或悲或喜；
而且，捷足的时光，尽肆意地摧残
这大千世界和它易谢的芳菲；
只有这极恶大罪我禁止你犯。

哦，别把岁月刻在我爱的额上，
或用古老的铁笔乱画下皱纹。
在你的飞逝里不要把它弄脏，
好留给后世永作美丽的典型。

但，尽管猖狂，老时光，凭你多狠，
我的爱在我诗里将万古长青。

二〇

你有副女人的脸，由造化亲手
塑就，你，我热爱的情妇兼情郎；
有颗女人的温婉的心，但没有
反复和变幻，像女人的假心肠；

眼睛比她明媚，又不那么造作，
流盼把一切事物都镀上黄金；
绝世的美色，驾御着一切美色，
既使男人晕眩，又使女人震惊。

开头原是把你当女人来创造，
但造化塑造你时，不觉着了迷，
误加给你一件东西，这就剥掉
我的权利——这东西对我毫无意义。

但造化造你既专为女人愉快，
让我占有，而她们享受，你的爱。

二 一

我的诗神并不像那一位诗神
只知运用脂粉涂抹他的诗句，
连苍穹也要搬下来作妆饰品，
罗列每个佳丽去赞他的佳丽，

用种种浮夸的比喻作成对偶，
把他比太阳、月亮、海陆的瑰宝，
四月的鲜花，和这浩荡的宇宙
蕴藏在它的怀里的一切奇妙。

哦，让我既真心爱，就真心歌唱，
而且，相信我，我的爱可以媲美
任何母亲的儿子，虽然论明亮
比不上挂在天空的金色烛台。

谁喜欢空话，让他尽说个不穷；
我志不在出售，自用不着祷颂。

二 二

这镜子决不能使我相信我老，
只要大好韶华和你还是同年；
但当你脸上出现时光的深槽，
我就盼死神来了结我的天年。

因为那一切妆点着你的美丽
都不过是我内心的表面光彩；
我的心在你胸中跳动，正如你
在我的。那么，我怎会比你先衰？

哦，我的爱呵，请千万自己珍重，
像我珍重自己，乃为你，非为我。
怀抱着你的心，我将那么郑重，
像慈母防护着婴儿遭受病魔。

别侥幸独存，如果我的心先碎；
你把心交我，并非为把它收回。

二三

仿佛舞台上初次演出的戏子
慌乱中竟忘记了自己的角色，
又像被触犯的野兽满腔怒气，
它那过猛的力量反使它胆怯；

同样，缺乏着冷静，我不觉忘掉
举行爱情的仪节的彬彬盛典，
被我爱情的过度重量所压倒，
在我自己的热爱中一息奄奄。

哦，请让我的诗篇做我的辩士，
替我把缠绵的衷曲默默诉说，
它为爱情申诉，并希求着赏赐，
多于那对你絮絮不休的狡舌。

请学会去读缄默的爱的情书，
用眼睛来听原属于爱的妙术。

二　四

我眼睛扮作画家，把你的肖像
描画在我的心版上，我的肉体
就是那嵌着你的姣颜的镜框，
而画家的无上的法宝是透视。

你要透过画家的巧妙去发见
那珍藏你的奕奕真容的地方；
它长挂在我胸内的画室中间，
你的眼睛却是画室的玻璃窗。

试看眼睛多么会帮眼睛的忙，
我的眼睛画你的像，你的却是
开向我胸中的窗，从那里太阳
喜欢去偷看那藏在里面的你。

可是眼睛的艺术终欠这高明，
它只能画外表，却不认识内心。

二　五

让那些人（他们既有吉星高照）
到处夸说他们的显位和高官，
至于我，命运拒绝我这种荣耀，
只暗中独自赏玩我心里所欢。

王公的宠臣舒展他们的金叶
不过像太阳眷顾下的金盏花，
他们的骄傲在自己身上消灭，
一蹙额便足雕谢他们的荣华。

转战沙场的名将不管多功高，
百战百胜后只要有一次失手，
便从功名册上被人一笔勾消，
毕生的勋劳只落得无声无臭。

那么，爱人又被爱，我多么幸福！
我既不会迁徙，又不怕被驱逐。

二　六

我爱情的至尊，你的美德已经
使我这藩属加强对你的拥戴，
我现在寄给你这诗当作使臣，
去向你述职，并非要向你炫才。

职责那么重，我又才拙少俊语，
难免要显得赤裸裸和她相见，
但望你的妙思，不嫌它太粗鄙，
在你灵魂里把它的赤裸裸遮掩；

因而不管什么星照引我前程，
都对我露出一副和悦的笑容，
把华服加给我这寒伧的爱情，
使我配得上你那缱绻的恩宠。

那时我才敢对你夸耀我的爱，
否则怕你考验我，总要躲起来。

二 七

精疲力竭，我赶快到床上躺下，
去歇息我那整天劳顿的四肢；
但马上我的头脑又整装出发，
以劳我的心，当我身已得休息。

因为我的思想，不辞离乡背井，
虔诚地趱程要到你那里进香，
睁大我这双沉沉欲睡的眼睛，
向着瞎子看得见的黑暗凝望；

不过我的灵魂，凭着它的幻眼，
把你的倩影献给我失明的双眸，
像颗明珠在阴森的夜里高悬，
变老丑的黑夜为明丽的白昼。

这样，日里我的腿，夜里我的心，
为你、为我自己，都得不着安宁。

二　八

那么，我怎么能够喜洋洋归来，
既然得不着片刻身心的安息？
当白天的压逼入夜并不稍衰，
只是夜继日、日又继夜地压逼？

日和夜平时虽事事各不相下，
却互相携手来把我轮流挫折，
一个用跋涉，一个却呶呶怒骂，
说我离开你更远，虽整天跋涉。

为讨好白天，我告它你是光明，
在阴云密布时你将把它映照。
我又这样说去讨黑夜的欢心：
当星星不眨眼，你将为它闪耀。

但天天白天尽拖长我的苦痛，
夜夜黑夜又使我的忧思转凶。

二　九

当我受尽命运和人们的白眼，
暗暗地哀悼自己的身世飘零，
徒用呼吁去干扰聋瞶的昊天，
顾盼着身影，诅咒自己的生辰，

愿我和另一个一样富于希望，
面貌相似，又和他一样广交游，
希求这人的渊博，那人的内行，
最赏心的乐事觉得最不对头；

可是，当我正要这样看轻自己，
忽然想起了你，于是我的精神，
便像云雀破晓从阴霾的大地
振翮上升，高唱着圣歌在天门。

一想起你的爱使我那么富有，
和帝王换位我也不屑于屈就。

三〇

当我传唤对已往事物的记忆
出庭于那馨香的默想的公堂，
我不禁为命中许多缺陷叹息，
带着旧恨，重新哭蹉跎的时光；

于是我可以淹没那枯涸的眼，
为了那些长埋在夜台的亲朋，
哀悼着许多音容俱渺的美艳，
痛哭那情爱久已勾消的哀痛；

于是我为过去的惆怅而惆怅，
并且一一细算，从痛苦到痛苦，
那许多呜咽过的呜咽的旧账，
仿佛还未付过，现在又来偿付。

但是只要那刻我想起你，挚友，
损失全收回，悲哀也化为乌有。

三　一

你的胸怀有了那些心而越可亲
（它们的消逝我只道已经死去）；
原来爱，和爱的一切可爱部分，
和埋掉的友谊都在你怀里藏住。

多少为哀思而流的圣洁泪珠
那虔诚的爱曾从我眼睛偷取
去祭奠死者！我现在才恍然大悟
他们只离开我去住在你的心里。

你是座收藏已往恩情的芳塚，
满挂着死去的情人的纪念牌，
他们把我的馈赠尽向你呈贡，
你独自享受许多人应得的爱。

在你身上我瞥见他们的倩影，
而你，他们的总和，尽有我的心。

三 二

倘你活过我踌躇满志的大限，
当鄙夫“死神”用黄土把我掩埋，
偶然重翻这拙劣可怜的诗卷，
你情人生前写来献给你的爱，

把它和当代俊逸的新诗相比，
发觉它的词笔处处都不如人，
请保留它专为我的爱，而不是
为那被幸运的天才凌驾的韵。

哦，那时候就请赐给我这爱思：
“要是我朋友的诗神与时同长，
他的爱就会带来更美的产儿，
可和这世纪任何杰作同俯仰。

但他既死去，诗人们又都迈进，
我读他们的文采，却读他的心。”

三　三

多少次我曾看见灿烂的朝阳
用他那至尊的眼媚悦着山顶，
金色的脸庞吻着青碧的草场，
把黯淡的溪水镀成一片黄金；

然后蓦地任那最卑贱的云彩
带着黑影驰过他神圣的霁颜，
把他从这凄凉的世界藏起来，
偷移向西方去掩埋他的污点；

同样，我的太阳曾在一个清朝
带着辉煌的光华临照我前额；
但是唉！他只一刻是我的荣耀，
下界的乌云已把他和我遮隔。

我的爱却并不因此把他鄙贱，
天上的太阳有瑕疵，何况人间！

三　四

为什么预告那么璀璨的日子，
哄我不携带大衣便出来游行，
让鄙贱的乌云中途把我侵袭，
用臭腐的烟雾遮蔽你的光明？

你以为现在冲破乌云来晒干
我脸上淋漓的雨点便已满足？
须知无人会赞美这样的药丹，
只能医治创伤，但洗不了耻辱。

你的愧赧也无补于我的心疼；
你虽已忏悔，我依然不免损失。
对于背着耻辱的十字架的人，
冒犯者引咎只是微弱的慰藉。

唉，但你的爱所流的泪是明珠，
它们的富丽够赎你的罪有余。

三　五

别再为你冒犯我的行为痛苦：
玫瑰花有刺，银色的泉有烂泥，
乌云和蚀把太阳和月亮玷污，
可恶的毛虫把香的嫩蕊盘据。

每个人都有错，我就犯了这点：
运用种种比喻来解释你的恶，
弄脏我自己来洗涤你的罪愆，
赦免你那无可赦免的大错过。

因为对你的败行我加以谅解——
你的原告变成了你的辩护士——
我对你起诉，反而把自己出卖：
爱和憎老在我心中互相排挤，

以致我不得不变成你的助手
去帮你劫夺我，你，温柔的小偷！

三　六

让我承认我们俩一定要分离，
尽管我们那分不开的爱是一体。
这样，许多留在我身上的瑕疵，
将不用你分担，由我独自承起。

你我的相爱全出于一片至诚，
尽管不同的生活把我们隔开，
这纵然改变不了爱情的真纯，
却偷掉许多密约佳期的欢快。

我再也不会高声认你做知己，
生怕我可哀的罪过使你含垢，
你也不能再当众把我来赞美，
除非你甘心使你的名字蒙羞。

可别这样做；我既然这样爱你，
你是我的，我的荣光也属于你。

三　七

像一个衰老的父亲高兴去看
活泼的儿子表演青春的伎俩，
同样，我，受了命运的恶毒摧残，
从你的精诚和美德找到力量。

因为，无论美、门第、财富或才华，
或这一切，或其一，或多于这一切，
在你身上登峰造极，我都把
我的爱在你这个宝藏上嫁接。

那么，我并不残废、贫穷、被轻藐，
既然这种种幻影都那么充实，
使我从你的富裕得满足，并倚靠
你的光荣的一部分安然度日。

看，生命的至宝，我暗祝你尽有；
既有这心愿，我便十倍地无忧。

三 八

我的诗神怎么会找不到诗料，
当你还呼吸着，灌注给我的诗哦，
感谢你自己吧，如果我诗中
有值得一读的献给你的目光。

哪里有哑巴，写到你，不善祷颂——
既然是你自己照亮他的想象？
做第十位艺神吧，你要比凡夫
所祈求的古代九位高明得多；

有谁向你呼吁，就让他献出
一些可以传久远的不朽诗歌。
我卑微的诗神如可取悦于世，
痛苦属于我，所有赞美全归你。

三　九

哦，我怎能不越礼地把你歌颂，
当我的最优美部分全属于你？
赞美我自己对我自己有何用？
赞美你岂不等于赞美我自己？

就是为这点我们也得要分手，
使我们的爱名义上各自独处，
以便我可以，在这样分离之后，
把你该独得的赞美全部献出。

别离呵！你会给我多大的痛创，
倘若你辛酸的闲暇不批准我
拿出甜蜜的情思来款待时光，
用甜言把时光和相思蒙混过——

如果你不教我怎样化一为二，
使我在这里赞美远方的人儿！

四 〇

夺掉我的爱，爱呵，请通通夺去；
看看比你已有的能多些什么？
没什么，爱呵，称得上真情实义；
我所爱早属你，纵使不添这个。

那么，你为爱我而接受我所爱，
我不能对你这享受加以责备；
但得受责备，若甘心自我欺绐，
你故意贪尝不愿接受的东西。

我可以原谅你的掠夺，温柔贼，
虽然你把我仅有的通通偷走；
可是，忍受爱情的暗算，爱晓得，
比憎恨的明伤是更大的烦忧。

风流的妩媚，连你的恶也妩媚，
尽管毒杀我，我们可别相仇视。

四　一

你那放荡不羁所犯的风流罪
（当我有时候远远离开你的心）
与你的美貌和青春那么相配，
无论到哪里，诱惑都把你追寻。

你那么温文，谁不想把你夺取？
那么姣好，又怎么不被人围攻？
而当女人追求，凡女人的儿子
谁能坚苦挣扎，不向她怀里送？

唉！但你总不必把我的位儿占，
并斥责你的美丽和青春的迷惑。
它们引你去犯那么大的狂乱，
使你不得不撕毁了两重誓约：

她的，因为你的美诱她去就你；
你的，因为你的美对我失信义。

四二

你占有她，并非我最大的哀愁，
可是我对她的爱不能说不深；
她占有你，才是我主要的烦忧，
这爱情的损失更能使我伤心。

爱的冒犯者，我这样原谅你们：
你所以爱她，因为晓得我爱她；
也是为我的原故她把我欺瞒，
让我的朋友替我殷勤款待她。

失掉你，我所失是我情人所获，
失掉她，我朋友却找着我所失；
你俩互相找着，而我失掉两个，
两个都为我的原故把我磨折。

但这就是快乐：你和我是一体；
甜蜜的阿谀！她却只爱我自己。

四　三

我眼睛闭得最紧，看得最明亮：
它们整天只看见无味的东西；
而当我入睡，梦中却向你凝望，
幽暗的火焰，暗地里放射幽辉。

你的影子既能教黑影放光明，
对闭上的眼照耀得那么辉煌，
你影子的形会形成怎样的美景，
在清明的白天里用更清明的光！

我的眼睛，我说，会感到多幸运
若能够凝望你在光天化日中，
既然在死夜里你那不完全的影
对酣睡中闭着的眼透出光容！

天天都是黑夜一直到看见你，
夜夜是白天当好梦把你显示！

四　四

假如我这笨拙的体质是思想，
不做美的距离就不能阻止我，
因为我就会从那迢迢的远方，
无论多隔绝，被带到你的寓所。

那么，纵使我的腿站在那离你
最远的天涯，对我有什么妨碍？
空灵的思想无论想到达哪里，
它立刻可以飞越崇山和大海。

但是唉，这思想毒杀我：我并非思想，
能飞越辽远的万里当你去后；
而只是满盛着泥水的钝皮囊，
就只好用悲泣去把时光伺候；

这两种重浊的元素毫无所赐
除了眼泪，二者的苦恼的标志。

四 五

其余两种，轻清的风，净化的火，
一个是我的思想，一个是欲望，
都是和你一起，无论我居何所；
它们又在又不在，神速地来往。

因为，当这两种较轻快的元素
带着爱情的温柔使命去见你，
我的生命，本赋有四大，只守住
两个，就不胜其忧郁，奄奄待毙；

直到生命的结合得完全恢复
由于这两个敏捷使者的来归。
它们现正从你那里回来，欣悉
你起居康吉，在向我欣欣告慰。

说完了，我乐，可是并不很长久，
我打发它们回去，马上又发愁。

四　六

我的眼和我的心在作殊死战，
怎样去把你姣好的容貌分赃；
眼儿要把心和你的形象隔断，
心儿又不甘愿把这权利相让。

心儿声称你在它的深处潜隐，
从没有明眸闯得进它的宝箱；
被告却把这申辩坚决地否认，
说是你的倩影在它里面珍藏。

为解决这悬案就不得不邀请
我心里所有的住户——思想——协商；
它们的共同的判词终于决定
明眸和亲挚的心应得的分量

如下：你的仪表属于我的眼睛，
而我的心占有你心里的爱情。

四　七

现在我的眼和心缔结了同盟，
为的是互相帮忙和互相救济：
当眼儿渴望要一见你的尊容，
或痴情的心快要给叹气窒息，

眼儿就把你的画像大摆筵桌，
邀请心去参加这图画的盛宴；
有时候眼睛又是心的座上客，
去把它缱绻的情思平均分沾。

这样，或靠你的像或我的依恋，
你本人虽远离还是和我在一起；
你不能比我的情思走得更远，
我老跟着它们，它们又跟着你；

或者，它们倘睡着，我眼中的像
就把心唤醒，使心和眼都舒畅。

四　八

我是多么小心，在未上路之前，
为了留以备用，把琐碎的事物
一一锁在箱子里，使得到保险，
不致被一些奸诈的手所亵渎！

但你，比起你来珠宝也成废品，
你，我最亲最好和唯一的牵挂，
无上的慰安（现在是最大的伤心）
却留下来让每个扒手任意拿。

我没有把你锁进任何保险箱，
除了你不在的地方，而我觉得
你在，那就是我的温暖的心房，
从那里你可以随便进进出出；

就是在那里我还怕你被偷走：
看见这样珍宝，忠诚也变扒手。

四　九

为抵抗那一天，要是终有那一天，
当我看见你对我的缺点蹙额，
当你的爱已花完最后一文钱，
被周详的顾虑催去清算账目；

为抵抗那一天，当你像生客走过，
不用那太阳——你眼睛——向我致候，
当爱情，已改变了面目，要搜罗
种种必须决绝的庄重的理由；

为抵抗那一天我就躲在这里，
在对自己的恰当评价内安身，
并且高举我这只手当众宣誓，
为你的种种合法的理由保证：

抛弃可怜的我，你有法律保障，
既然为什么爱，我无理由可讲。

五〇

多么沉重地我在旅途上跋涉，
当我的目的地（我倦旅的终点）
唆使安逸和休憩这样对我说：
“你又离开了你的朋友那么远！”

那驮我的畜牲，经不起我的忧厄，
驮着我心里的重负慢慢地走，
仿佛这畜牲凭某种本能晓得
它主人不爱快，因为离你远游。

有时恼怒用那血淋淋的靴钉
猛刺它的皮，也不能把它催促；
它只是沉重地报以一声呻吟，
对于我，比刺它的靴钉还要残酷，

因为这呻吟使我省悟和熟筹：
我的忧愁在前面，快乐在后头。

五　一

这样，我的爱就可原谅那笨兽
（当我离开你），不嫌它走得太慢。
从你所在地我何必匆匆跑走？
除非是归来，绝对不用把路赶。

那时可怜的畜牲怎会得宽容，
当极端的迅速还要显得迟钝？
那时我就要猛刺，纵使在御风，
如飞的速度我只觉得是停顿。

那时就没有马能和欲望齐驱；
因此，欲望，由最理想的爱构成，
就引颈长嘶，当它火似地飞驰；
但爱，为了爱，将这样饶恕那畜牲：

既然别你的时候它有意慢走，
归途我就下来跑，让它得自由。

五　二

我像那富翁，他那幸运的钥匙
能把他带到他的心爱的宝藏，
可是他并不愿时常把它启视，
以免磨钝那难得的锐利的快感。

所以过节是那么庄严和希有，
因为在一年中仅疏疏地来临，
就像宝石在首饰上稀稀嵌就，
或大颗的珍珠在璎珞上晶莹。

同样，那保存你的时光就好像
我的宝箱，或装着华服的衣橱，
以便偶一重展那被囚的宝光，
使一些幸福的良辰分外幸福。

你真运气，你的美德能够使人
有你，喜洋洋，你不在，不胜憧憬。

五　三

你的本质是什么，用什么造成，
使得万千个倩影都追随着你？
每人都只有一个，每人，一个影；
你一人，却能幻作千万个影子。

试为阿都尼写生，他的画像
不过是模仿你的拙劣的赝品；
尽量把美容术施在海伦颊上，
便是你披上希腊妆的新的真身。

一提起春的明媚和秋的丰饶，
一个把你的绰约的倩影显示，
另一个却是你的慷慨的写照；
一切天生的俊秀都蕴含着你。

一切外界的妩媚都有你的份，
但谁都没有你那颗坚贞的心。

五　四

哦，美看起来要更美得多少倍，
若再有真加给它温馨的装潢！
玫瑰花很美，但我们觉得它更美，
因为它吐出一缕甜蜜的芳香。

野蔷薇的姿色也是同样旖旎，
比起玫瑰的芳馥四溢的姣颜，
同挂在树上，同样会搔首弄姿，
当夏天呼息使它的嫩蕊轻展。

但它们唯一的美德只在色相，
开时无人眷恋，萎谢也无人理；
寂寞地死去。香的玫瑰却两样；
她那温馨的死可以酿成香液。

你也如此，美丽而可爱的青春，
当韶华雕谢，诗提取你的纯精。

五 五

没有云石或王公们金的墓碑
能够和我这些强劲的诗比寿；
你将永远闪耀于这些诗篇里，
远胜过那被时光涂脏的石头。

当着残暴的战争把铜像推翻，
或内讧把城池荡成一片废墟，
无论战神的剑或战争的烈焰
都毁不掉你的遗芳的活历史。

突破死亡和湮没一切的仇恨，
你将昂然站起来：对你的赞美
将在万世万代的眼睛里彪炳，
直到这世界消耗完了的末日。

这样，直到最后审判把你唤醒，
你长在诗里和情人眼里辉映。

五　六

温柔的爱，恢复你的劲：别被说
你的刀锋赶不上食欲那样快，
食欲只今天饱餐后暂觉满足，
到明天又照旧一样饕餮起来。

愿你，爱呵，也一样：你那双饿眼
尽管今天已饱看到腻得直眨，
明天还得看，别让长期的瘫痪
把那爱情的精灵活生生窒煞。

让这凄凉的间歇恰像那隔断
两岸的海洋，那里一对情侣
每天到岸边相会，当他们看见
爱的来归，心里感到加倍欢愉；

否则，唤它做冬天，充满了忧悒，
使夏至三倍受欢迎，三倍希奇。

五　七

既然是你奴隶，我有什么可做，
除了时时刻刻伺候你的心愿？
我毫无宝贵的时间可消磨，
也无事可做，直到你有所驱遣。

我不敢骂那绵绵无尽的时刻，
当我为你，主人，把时辰来看守；
也不敢埋怨别离是多么残酷，
在你已经把你的仆人辞退后；

也不敢用妒忌的念头去探索
你究竟在哪里，或者为什么忙碌，
只是，像个可怜的奴隶，呆想着
你所在的地方，人们会多幸福。

爱这呆子是那么无救药的呆
凭你为所欲为，他都不觉得坏。

五　八

那使我做你奴隶的神不容我，
如果我要管制你行乐的时光，
或者清算你怎样把日子消磨，
既然是奴隶，就得听从你放浪。

让我忍受，既然什么都得依你，
你那自由的离弃（于我是监牢）；
让忍耐，惯了，接受每一次申斥，
绝不会埋怨你对我损害分毫。

无论你高兴到哪里，你那契约
那么有效，你自有绝对的主权
去支配你的时间；你犯的罪过
你也有主权随意把自己赦免。

我只能等待，虽然等待是地狱，
不责备你行乐，任它是善或恶。

五　九

如果天下无新事，现在的种种
从前都有过，我们的头脑多上当，
当它苦心要创造，却怀孕成功
一个前代有过的婴孩的重担！

哦，但愿历史能用回溯的眼光
（纵使太阳已经运行了五百周），
在古书里对我显示你的肖像，
自从心灵第一次写成了句读！——

让我晓得古人曾经怎样说法，
关于你那雍容的体态的神奇；
是我们高明，还是他们优越，
或者所谓演变其实并无二致。

哦，我敢肯定，不少才子在前代
曾经赞扬过远不如你的题材。

六　〇

像波浪滔滔不息地滚向沙滩：
我们的光阴息息奔赴着终点；
后浪和前浪不断地循环替换，
前推后拥，一个个在奋勇争先。

生辰，一度涌现于光明的金海，
爬行到壮年，然后，既登上极顶，
凶冥的日蚀便遮没它的光彩，
时光又撕毁了它从前的赠品。

时光戳破了青春颊上的光艳，
在美的前额挖下深陷的战壕，
自然的至珍都被它肆意狂啾，
一切挺立的都难逃它的镰刀。

可是我的诗未来将屹立千古，
歌颂你的美德，不管它多残酷！

六　一

你是否故意用影子使我垂垂
欲闭的眼睛睁向厌厌的长夜？
你是否要我辗转反侧不成寐，
用你的影子来玩弄我的视野？

那可是从你那里派来的灵魂
远离了家园，来刺探我的行为，
来找我的荒废和耻辱的时辰，
和执行你的妒忌的职权和范围？

不呀！你的爱，虽多，并不那么大；
是我的爱使我张开我的眼睛，
是我的真情把我的睡眠打垮，
为你的缘故一夜守候到天明！

我为你守夜，而你在别处清醒，
远远背着我，和别人却太靠近。

六　二

自爱这罪恶占据着我的眼睛，
我整个的灵魂和我身体各部；
而对这罪恶什么药石都无灵，
在我心内扎根扎得那么深固。

我相信我自己的眉目最秀丽，
态度最率真，胸怀又那么俊伟；
我的优点对我这样估计自己：
不管哪一方面我都出类拔萃。

但当我的镜子照出我的真相，
全被那焦黑的老年剁得稀烂，
我对于自爱又有相反的感想：
这样溺爱着自己实在是罪愆。

我歌颂自己就等于把你歌颂，
用你的青春来粉刷我的隆冬。

六　三

像我现在一样，我爱人将不免
被时光的毒手所粉碎和消耗，
当时辰吮干他的血，使他的脸
布满了皱纹；当他韶年的清朝

已经爬到暮年的巉岩的黑夜，
使他所占领的一切风流逸韵
都渐渐消灭或已经全部消灭，
偷走了他的春天所有的至珍；

为那时候我现在就厉兵秣马
去抵抗凶暴时光的残酷利刃，
使他无法把我爱的芳菲抹煞，
虽则他能够砍断我爱的生命。

他的丰韵将在这些诗里现形，
墨迹长在，而他也将万古长青。

六　四

当我眼见前代的富丽和豪华
被时光的手毫不留情地磨灭；
当巍峨的塔我眼见沦为碎瓦，
连不朽的铜也不免一场浩劫；

当我眼见那欲壑难填的大海
一步一步把岸上的疆土侵蚀，
汪洋的水又渐渐被陆地覆盖，
失既变成了得，得又变成了失；

当我看见这一切扰攘和废兴，
或者连废兴一旦也化为乌有；
毁灭便教我再三这样地反省；
时光终要跑来把我的爱带走。

哦，多么致命的思想！它只能够
哭着去把那刻刻怕失去的占有。

六　五

既然铜、石、或大地、或无边的海，
没有不屈服于那阴惨的无常，
美，她的活力比一朵花还柔脆，
怎能和他那肃杀的严重抵抗？

哦，夏天温馨的呼息怎能支持
残暴的日子刻刻猛烈的轰炸，
当岩石，无论多么险固，或钢扉，
无论多坚强，都要被时光熔化？

哦，骇人的思想！时光的珍饰，
唉，怎能够不被收进时光的宝箱？
什么劲手能挽他的捷足回来，
或者谁能禁止他把美丽夺抢？

哦，没有谁，除非这奇迹有力量：
我的爱在翰墨里永久放光芒。

六　六

厌了这一切，我向安息的死疾呼，
比方，眼见天才注定做叫化子，
无聊的草包打扮得衣冠楚楚，
纯洁的信义不幸而被人背弃，

金冠可耻地戴在行尸的头上，
处女的贞操遭受暴徒的玷辱，
严肃的正义被人非法地诟让，
壮士被当权的跛子弄成残缺，

愚蠢摆起博士架子驾驭才能，
艺术被官府统治得结舌箝口，
淳朴的真诚被人瞎称为愚笨，
囚徒“善”不得不把统帅“恶”伺候：

厌了这一切，我要离开人寰，
但，我一死，我的爱人便孤单。

六　七

唉，我的爱为什么要和臭腐同居，
把他的绰约的丰姿让人亵渎，
以至罪恶得以和他结成伴侣，
涂上纯洁的外表来眩耀耳目？

骗人的脂粉为什么要替他写真，
从他的奕奕神采偷取死形似？
为什么，既然他是玫瑰花的真身，
可怜的美还要找玫瑰的影子？

为什么他得活着，当造化破了产，
缺乏鲜血去灌注淡红的脉络？
因为造化现在只有他作富源，
自夸富有，却靠他的利润过活。

哦，她珍藏他，为使荒歉的今天
认识从前曾有过怎样的丰年。

六　八

这样，他的朱颜是古代的图志，
那时美开了又谢像今天花一样，
那时冒牌的艳色还未曾出世，
或未敢公然高据活人的额上，

那时死者的美发，坟墓的财产，
还未被偷剪下来，去活第二回
在第二个头上；那时美的死金鬟
还未被用来使别人显得华贵。

这圣洁的古代在他身上呈现，
赤裸裸的真容，毫无一点铅华，
不用别人的青翠做他的夏天，
不掠取旧脂粉妆饰他的鲜花；

就这样造化把他当图志珍藏，
让假艺术赏识古代美的真相。

六　九

你那众目共睹的无瑕的芳容，
谁的心思都不能再加以增改；
众口，灵魂的声音，都一致赞同：
赤的真理，连仇人也无法掩盖。

这样，表面的赞扬载满你仪表；
但同一声音，既致应有的崇敬，
便另换口吻去把这赞扬勾消，
当心灵看到眼看不到的内心。

它们向你那灵魂的美的海洋
用你的操行作测量器去探究，
于是吝啬的思想，眼睛虽大方，
便加给你的鲜花以野草的恶臭：

为什么你的香味赶不上外观？
土壤是这样，你自然长得平凡。

七〇

你受人指摘，并不是你的瑕疵，
因为美丽永远是诽谤的对象；
美丽的无上的装饰就是猜疑，
像乌鸦在最晴朗的天空飞翔。

所以，检点些，谗言只能更恭维
你的美德，既然时光对你钟情；
因为恶蛆最爱那甜蜜的嫩蕊，
而你的正是纯洁无瑕的初春。

你已经越过年轻日子的埋伏，
或未遭遇袭击，或已克服敌手；
可是，对你这样的赞美并不足
堵住那不断扩大的嫉妒的口。

若没有猜疑把你的清光遮掩，
多少个心灵的王国将归你独占。

七一

我死去的时候别再为我悲哀，
当你听见那沉重凄惨的葬钟
普告给全世界说我已经离开
这龌龊世界去伴最龌龊的虫。

不呀，当你读到这诗，别再记起
那写它的手；因为我爱到这样，
宁愿被遗忘在你甜蜜的心里，
如果想起我会使你不胜哀伤。

如果呀，我说，如果你看见这诗，
那时候或许我已经化作泥土，
连我这可怜的名字也别提起，
但愿你的爱与我的生命同腐。

免得这聪明世界猜透你的心，
在我死去后把你也当作笑柄。

七　二

哦，免得这世界要强逼你自招
我有什么好处，使你在我死后
依旧爱我，爱人呀，把我全忘掉，
因外我一点值得提的都没有；

除非你捏造出一些美丽的谎，
过分为我吹嘘我应有的价值，
把瞑目长眠的我阿谀和夸奖，
远超过鄙吝的事实所愿昭示。

哦，怕你的真爱因此显得虚伪，
怕你为爱的原故替我说假话，
愿我的名字永远和肉体同埋，
免得活下去把你和我都羞煞。

因为我可怜的作品使我羞惭，
而你爱不值得爱的，也该愧赧。

七　三

在我身上你或许会看见秋天，
当黄叶，或尽脱，或只三三两两
挂在瑟缩的枯枝上索索抖颤——
荒废的歌坛，那里百鸟曾合唱。

在我身上你或许会看见暮霭，
它在日落后向西方徐徐消退。
黑夜，死的化身，渐渐把它赶开，
严静的安息笼住纷纭的万类。

在我身上你或许全看见余烬，
它在青春的寒灰里奄奄一息，
在惨淡灵床上早晚总要断魂，
给那滋养过它的烈焰所销毁。

看见了这些，你的爱就会加强，
因为他转瞬要辞你溘然长往。

七　四

但是放心吧：当那无情的拘票
终于丝毫不宽假地把我带走，
我的生命在诗里将依然长保，
永生的纪念品，永久和你相守。

当你重读这些诗，就等于重读
我献给你的至纯无二的生命。
尘土只能有它的份，那就是尘土；
灵魂却属你，这才是我的真身。

所以你不过失掉生命的糟粕
（当我肉体死后），恶蛆们的食饵，
无赖的刀下一个怯懦的俘获，
太卑贱的秽物，不配被你记忆。

它唯一的价值就在它的内蕴，
那就是这诗：这诗将和它长存。

七　五

我的心需要你，像生命需要食粮，
或者像大地需要及时的甘霖；
为你的安宁我内心那么凄惶
就像贪夫和他的财富作斗争。

他，有时自夸财主，然后又顾虑
这惯窃的时代会偷他的财宝；
我，有时觉得最好独自伴着你，
忽然又觉得该把你当众夸耀。

有时饱餐秀色后腻到化不开，
渐渐地又饿得慌要瞟你一眼；
既不占有也不追求别的欢快，
除掉那你已施或要施的恩典。

这样，我整天垂涎或整天不消化，
我狼吞虎咽，或一点也咽不下。

七　六

为什么我的诗那么缺新光彩，
赶不上现代善变多姿的风尚？
为什么我不学时人旁征博采
那竞奇斗艳，穷妍极巧的新腔？

为什么我写的始终别无二致，
寓情思旨趣于一些老调陈言，
几乎每一句都说出我的名字，
透露它们的身世，它们的来源？

哦，须知道，我爱呵，我只把你描，
你和爱情就是我唯一的主题；
推陈出新是我的无上的诀窍，
我把开支过的，不断重新开支。

因为，正如太阳天天新天天旧，
我的爱把说过的事絮絮不休。

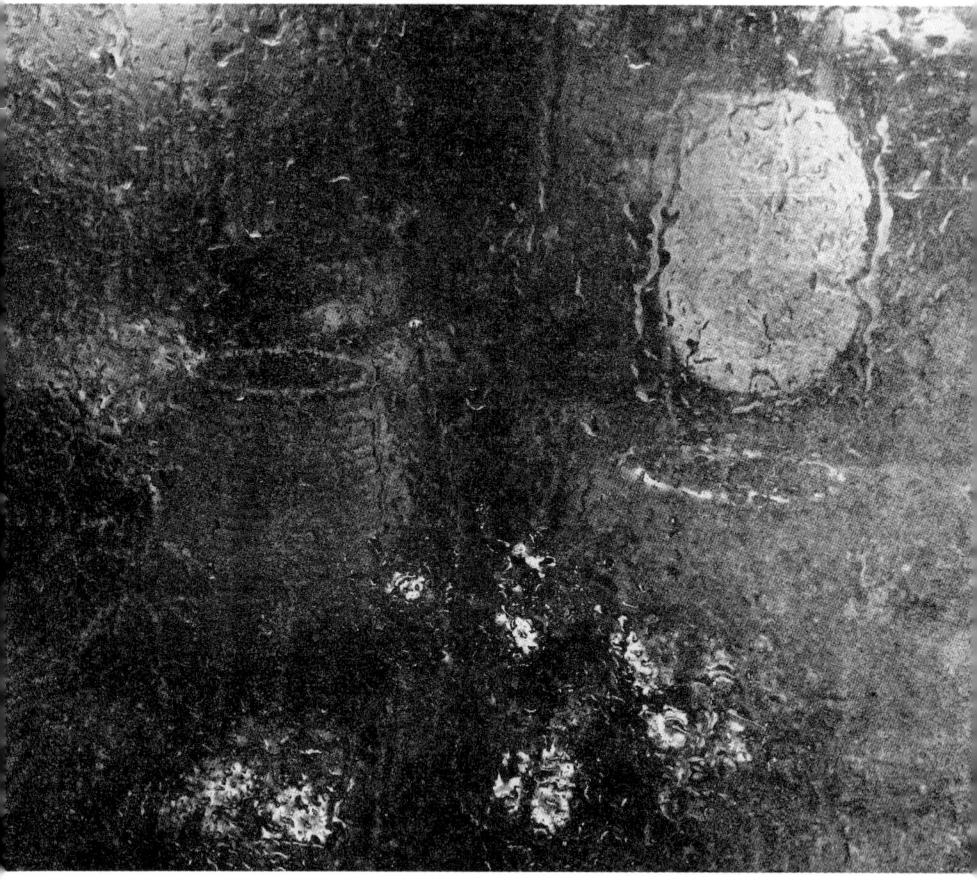

七　七

镜子将告诉你朱颜怎样消逝，
日规怎样一秒秒耗去你的华年；
这白纸所要记录的你的心迹
将教你细细玩味下面的教言。

你的镜子所忠实反映的皱纹
将令你记起那张开口的坟墓；
从日规上阴影的潜移你将认清，
时光走向永劫的悄悄的脚步。

看，把记忆所不能保留的东西
交给这张白纸，在那里面你将
看见你精神的产儿受到抚育，
使你重新认识你心灵的本相。

这些日课，只要你常拿来重温，
将有利于你，并丰富你的书本。

七 八

我常常把你当诗神向你祷告，
在诗里找到那么有力的神助，
以致凡陌生的笔都把我仿效，
在你名义下把他们的诗散布。

你的眼睛，曾教会哑巴们歌唱，
曾教会沉重的愚昧高飞上天，
又把新羽毛加给博学的翅膀，
加给温文尔雅以两重的尊严。

可是我的诗应该最使你骄傲，
它们的诞生全在你的感召下。
对别人的作品你只润饰格调，
用你的美在他们才华上添花。

但对于我，你就是我全部艺术，
把我的愚拙提到博学的高度。

七　九

当初我独自一个恳求你协助，
只有我的诗占有你一切妩媚；
但现在我清新的韵律既陈腐，
我的病诗神只好给别人让位。

我承认，爱呵，你这美妙的题材
值得更高明的笔的精写细描；
可是你的诗人不过向你还债，
他把夺自你的当作他的创造。

他赐你美德，美德这词他只从
你的行为偷取；他加给你秀妍，
其实从你颊上得来；他的歌颂
没有一句不是从你身上发见。

那么，请别感激他对你的称赞，
既然他只把欠你的向你偿还。

八　〇

哦，我写到你的时候多么气馁，
得知有更大的天才利用你名字，
他不惜费尽力气去把你赞美，
使我箝口结舌，一提起你声誉！

但你的价值，像海洋一样无边，
不管轻舟或艨艟同样能载起，
我这莽撞的艇，尽管小得可怜，
也向你茫茫的海心大胆行驶。

你最浅的滩濑已足使我浮泛，
而他岸岸然驶向你万顷汪洋；
或者，万一覆没，我只是片轻帆，
他却是结构雄伟，气宇轩昂。

如果他安全到达，而我遭失败，
最不幸的是：毁我的是我的爱。

八 一

无论我将活着为你写墓志铭，
或你未亡而我已在地下腐朽，
纵使我已被遗忘得一干二净，
死神将不能把你的忆念夺走。

你的名字将从这诗里得永生，
虽然我，一去，对人间便等于死；
大地只能够给我一座乱葬坟，
而你却将长埋在人们眼睛里。

我这些小诗便是你的纪念碑，
未来的眼睛固然要百读不厌，
未来的舌头也将要传诵不衰，
当现在呼吸的人已瞑目长眠。

这强劲的笔将使你活在生气
最蓬勃的地方，在人们的嘴里。

八二

我承认你并没有和我的诗神
结同心，因而可以丝毫无愧恧
去俯览那些把你作主题的诗人
对你的赞美，褒奖着每本诗集。

你的智慧和姿色都一样出众，
又发觉你的价值比我的赞美高，
因而你不得不到别处去追踪
这迈进时代的更生动的写照。

就这么办，爱呵，但当他们既已
使尽了浮夸的辞藻把你刻划，
真美的你只能由真诚的知己
用真朴的话把你真实地表达；

他们的浓脂粉只配拿去染红
贫血的脸颊；对于你却是滥用。

八三

我从不觉得你需要涂脂荡粉，
因而从不用脂粉涂你的朱颜；
我发觉，或以为发觉，你的丰韵
远超过诗人献你的无味缱绻。

因此，关于你我的歌只装打盹，
好让你自己生动地现身说法，
证明时下的文笔是多么粗笨，
想把美德，你身上的美德增华。

你把我这沉默认为我的罪行，
其实却应该是我最大的荣光；
因为我不作声于美丝毫无损，
别人想给你生命，反把你埋葬。

你的两位诗人所模拟的赞美，
远不如你一只慧眼所藏的光辉。

八　四

谁说得最好？哪个说得更圆满
比起这丰美的赞词："只有你是你"？
这赞词蕴藏着你的全部资产，
谁和你争妍，就必须和它比拟。

那枝文笔实在是贫瘠得可怜，
如果它不能把题材稍事增华；
但谁写到你，只要他能够表现
你就是你，他的故事已够伟大。

让他只照你原稿忠实地直抄，
别把造化的清新的素描弄坏，
这样的摹本已显出他的巧妙，
使他的风格到处受人们崇拜。

你将对你美的祝福加以咒诅：
太爱人赞美，连美也变成庸俗。

八　五

我的缄口的诗神只脉脉无语；
他们对你的美评却累牍连篇，
用金笔刻成辉煌夺目的大字，
和经过一切艺神雕琢的名言。

我满腔热情，他们却善颂善祷；
像不识字的牧师只知喊“阿门”，
去响应才子们用精炼的笔调
熔铸成的每一首赞美的歌咏。

听见人赞美你，我说，“的确，很对”，
凭他们怎样歌颂我总嫌不够；
但只在心里说，因为我对你的爱
虽拙于词令，行动却永远带头。

那么，请敬他们，为他们的虚文；
敬我，为我的哑口无言的真诚。

八　六

是否他那雄浑的诗句，昂昂然
扬帆直驶去夺取太宝贵的你，
使我成熟的思想在脑里流产，
把孕育它们的胎盘变成墓地？

是否他的心灵，从幽灵学会写
超凡的警句，把我活生生殛毙？
不，既不是他本人，也不是黑夜
遣送给他的助手，能使我昏迷。

他，或他那个和善可亲的幽灵
（它夜夜用机智骗他），都不能自豪
是他们把我打垮，使我默不作声；
他们的威胁绝不能把我吓倒。

但当他的诗充满了你的鼓励，
我就要缺灵感；这才使我丧气。

八　七

再会吧！你太宝贵了，我无法高攀；
显然你也晓得你自己的声价：
你的价值的证券够把你赎还，
我对你的债权只好全部作罢。

因为，不经你批准，我怎能占有你？
我哪有福气消受这样的珍宝？
这美惠对于我既然毫无根据，
便不得不取消我的专利执照。

你曾许了我，因为低估了自己，
不然就错识了我，你的受赐者；
因此，你这份厚礼，既出自误会，
就归还给你，经过更好的判决。

这样，我曾占有你，像一个美梦，
在梦里称王，醒来只是一场空。

八　八

当你有一天下决心瞧我不起，
用侮蔑的眼光衡量我的轻重，
我将站在你那边打击我自己，
证明你贤德，尽管你已经背盟。

对自己的弱点我既那么内行，
我将为你的利益捏造我种种
无人觉察的过失，把自己中伤；
使你抛弃了我反而得到光荣。

而我也可以借此而大有收获；
因为我全部情思那么倾向你，
我为自己所招惹的一切侮辱
既对你有利，对我就加倍有利。

我那么衷心属你，我爱到那样，
为你的美誉愿承当一切诽谤。

八　九

说你抛弃我是为了我的过失，
我立刻会对这冒犯加以阐说：
叫我做瘸子，我马上两脚都躄，
对你的理由绝不作任何反驳。

为了替你的反复无常找借口，
爱呵，凭你怎样侮辱我，总比不上
我侮辱自己来得厉害；既看透
你心肠，我就要绞杀交情，假装

路人避开你；你那可爱的名字，
那么香，将永不挂在我的舌头，
生怕我，太亵渎了，会把它委屈；
万一还会把我们的旧欢泄漏。

我为你将展尽辩才反对自己，
因为你所憎恶的，我绝不爱惜。

九〇

恨我，倘若你高兴；请现在就开首；
现在，当举世都起来和我作对，
请趁势为命运助威，逼我低头，
别意外地走来作事后的摧毁。

唉，不要，当我的心已摆脱烦恼，
来为一个已克服的厄难作殿，
不要在暴风后再来一个雨朝，
把那注定的浩劫的来临拖延。

如果你要离开我，别等到最后，
当其他的烦忧已经肆尽暴虐；
请一开头就来：让我好先尝够
命运的权威应有尽有的凶恶。

于是别的苦痛，现在显得苦痛，
比起丧失你来便要无影无踪。

九一

有人夸耀门第，有人夸耀技巧，
有人夸耀财富，有人夸耀体力；
有人夸耀新妆，丑怪尽管时髦；
有人夸耀鹰犬，有人夸耀骏骥；

每种嗜好都各饶特殊的趣味，
每一种都各自以为其乐无穷。
可是这些癖好都不合我口胃——
我把它们融入更大的乐趣中。

你的爱对我比门第还要豪华，
比财富还要丰裕，比艳妆光彩，
它的乐趣远胜过鹰犬和骏马；
有了你，我便可以笑傲全世界。

只有这点可怜：你随时可罢免
我这一切，使我成无比的可怜。

九　二

但尽管你不顾一切偷偷溜走，
直到生命终点你还是属于我。
生命也不会比你的爱更长久，
因为生命只靠你的爱才能活。

因此，我就不用怕最大的灾害，
既然最小的已足置我于死地。
我瞥见一个对我更幸福的境界，
它不会随着你的爱憎而转移。

你的反复再也不能使我颓丧，
既然你一反脸我生命便完毕。
哦，我找到了多么幸福的保障：
幸福地享受你的爱，幸福地死去！

但人间哪有不怕玷污的美满？
你可以变心肠，同时对我隐瞒。

九　三

于是我将活下去，认定你忠贞，
像被骗的丈夫，于是爱的面目
对我仍旧是爱，虽则已翻了新；
眼睛尽望着我，心儿却在别处。

憎恨既无法存在于你的眼里，
我就无法看出你心肠的改变。
许多人每段假情假义的历史
都在颦眉、蹙额或气色上表现；

但上天造你的时候早已注定
柔情要永远在你的脸上逗留；
不管你的心怎样变幻无凭准，
你眼睛只能诉说旖旎和温柔。

你的妩媚会变成夏娃的苹果，
如果你的美德跟外表不配合。

九　四

谁有力量损害人而不这样干，
谁不做人以为他们爱做的事，
谁使人动情，自己却石头一般，
冰冷、无动于衷，对诱惑能抗拒——

谁就恰当地承受上天的恩宠，
善于贮藏和保管造化的财富；
他们才是自己美貌的主人翁，
而别人只是自己姿色的家奴。

夏天的花把夏天熏得多芳馥，
虽然对自己它只自开又自落，
但是那花若染上卑劣的病毒，
最贱的野草也比它高贵得多。

极香的东西一腐烂就成极臭，
烂百合花比野草更臭得难受。

九　五

耻辱被你弄成多温柔多可爱！
恰像馥郁的玫瑰花心的毛虫，
它把你含苞欲放的美名污败！
哦，多少温馨把你的罪过遮蒙！

那讲述你的生平故事的长舌，
想对你的娱乐作淫猥的评论，
只能用一种赞美口气来贬责：
一提起你名字，诬蔑也变谄佞。

哦，那些罪过找到了多大的华厦，
当它们把你挑选来作安乐窝，
在那儿美为污点披上了轻纱，
在那儿触目的一切都变清和！

警惕呵，心肝，为你这特权警惕；
最快的刀被滥用也失去锋利！

九　六

有人说你的缺点在年少放荡；
有人说你的魅力在年少风流；
魅力和缺点都多少受人赞赏，
缺点变成添在魅力上的锦绣。

宝座上的女王手上戴的戒指，
就是最贱的宝石也受人尊重，
同样，那在你身上出现的瑕疵
也变成真理，当作真理被推崇。

多少绵羊会受到野狼的引诱，
假如野狼戴上了绵羊的面目！
多少爱慕你的人会被你拐走，
假如你肯把你全部力量使出！

可别这样做；我既然这样爱你，
你是我的，我的光荣也属于你。

九 七

离开了你，日子多么像严冬，
你，飞逝的流年中唯一的欢乐！
天色多阴暗！我又受尽了寒冻！
触目是龙锺腊月的一片萧索！

可是别离的时期恰好是夏日；
和膨胀着累累的丰收的秋天，
满载着青春的淫荡结下的果实，
好像怀胎的新寡妇，大腹便便。

但是这累累的丰收，在我看来，
只能成无父孤儿和乖异的果；
因夏天和它的欢娱把你款待，
你不在，连小鸟也停止了唱歌；

或者，即使它们唱，声调那么沉，
树叶全变灰了，生怕冬天降临。

九　八

我离开你的时候正好是春天，
当绚烂的四月，披上新的锦袄，
把活泼的春心给万物灌注遍，
连沉重的土星也跟着笑和跳。

可是无论小鸟的歌唱，或万紫
千红、芬芳四溢的一簇簇鲜花，
都不能使我诉说夏天的故事，
或从烂熳的山洼把它们采掐。

我也不羡慕那百合花的洁白，
也不赞美玫瑰花的一片红晕；
它们不过是香，是悦目的雕刻，
你才是它们所要摹拟的真身。

因此，于我还是严冬，而你不在，
像逗着你影子，我逗它们开怀。

九　九

我对孟浪的紫罗兰这样谴责：
“温柔贼，你哪里偷来这缕温馨，
若不是从我爱的呼息？这紫色
在你的柔颊上抹了一层红晕，
还不是从我爱的血管里染得？”

我申斥百合花盗用了你的手，
茉沃兰的蓓蕾偷取你的柔发；
站在刺上的玫瑰花吓得直抖，
一朵羞得通红，一朵绝望到发白，

另一朵，不红不白，从双方偷来；
还在赃物上添上了你的呼息，
但既犯了盗窃，当它正昂头盛开，
一条怒冲冲的毛虫把它咬死。

我还看见许多花，但没有一朵
不从你那里偷取芬芳和婀娜。

一〇〇

你在哪里，诗神，竟长期忘记掉
把你的一切力量的源头歌唱？
为什么浪费狂热于一些滥调，
消耗你的光去把俗物照亮？

回来吧，健忘的诗神，立刻轻弹
宛转的旋律，赎回虚度的光阴；
唱给那衷心爱慕你并把灵感
和技巧赐给你的笔的耳朵听。

起来，懒诗神，检查我爱的秀容，
看时光可曾在那里刻下皱纹；
假如有，就要尽量把衰老嘲讽，
使时光的剽窃到处遭人齿冷。

快使爱成名，趁时光未下手前，
你就挡得住它的风刀和霜剑。

一〇一

偷懒的诗神呵，你将怎样补救
你对那被美渲染的真的怠慢？
真和美都与我的爱相依相守；
你也一样，要倚靠它才得通显。

说吧，诗神；你或许会这样回答：
“真的固定色彩不必用色彩绘；
美也不用翰墨把美的真容画；
用不着搀杂，完美永远是完美。”

难道他不需要赞美，你就不作声？
别替缄默辩护，因为你有力量
使他比镀金的坟墓更享遐龄，
并在未来的年代永受人赞扬。

当仁不让吧，诗神，我要教你怎样
使他今后和现在一样受景仰。

一 〇 二

我的爱加强了，虽然看来更弱；
我的爱一样热，虽然表面稍冷。
谁把他心中的崇拜到处传播，
就等于把他的爱情看作商品。

我们那时才新恋，又正当春天，
我惯用我的歌去欢迎它来归，
像夜莺在夏天门前彻夜清啭，
到了盛夏的日子便停止歌吹。

并非现在夏天没有那么惬意
比起万籁静听它哀唱的时候，
只为狂欢的音乐载满每一枝，
太普通，意味便没有那么深悠。

所以，像它，我有时也默默无言，
免得我的歌，太繁了，使你烦厌。

一　〇　三

我的诗神的产品多贫乏可怜！
分明有无限天地可炫耀才华，
可是她的题材，尽管一无妆点，
比加上我的赞美价值还要大！

别非难我，如果我写不出什么！
照照镜子吧，看你镜中的面孔
多么超越我的怪笨拙的创作，
使我的诗失色，叫我无地自容。

那可不是罪过吗，努力要增饰，
反而把原来无瑕的题材涂毁？
因为我的诗并没有其他目的，
除了要模仿你的才情和妩媚；

是的，你的镜子，当你向它端详，
所反映的远远多于我的诗章。

一 〇 四

对于我，俊友，你永远不会衰老，
因为自从我的眼碰见你的眼，
你还是一样美。三个严冬摇掉
三个苍翠的夏天的树叶和光艳，

三个阳春三度化作秋天的枯黄。
时序使我三度看见四月的芳菲
三度被六月的炎炎烈火烧光。
但你，还是和初见时一样明媚；

唉，可是美，像时针，它蹑着脚步
移过钟面，你看不见它的踪影；
同样，你的姣颜，我以为是常驻，
其实在移动，迷惑的是我的眼睛。

颤栗吧，未来的时代，听我呼吁：
你还没有生，美的夏天已死去。

一〇五

不要把我的爱叫作偶像崇拜，
也不要把我的爱人当偶像看，
既然所有我的歌和我的赞美
都献给一个、为一个，永无变换。

我的爱今天仁慈，明天也仁慈，
有着惊人的美德，永远不变心，
所以我的诗也一样坚贞不渝，
全省掉差异，只叙述一件事情。

“美、善和真”，就是我全部的题材，
“美、善和真”，用不同的词句表现；
我的创造就在这变化上演才，
三题一体，它的境界可真无限。

过去“美、善和真”常常分道扬镳，
到今天才在一个人身上协调。

一　〇　六

当我从那湮远的古代的纪年
发见那绝代风流人物的写真，
艳色使得古老的歌咏也香艳，
颂赞着多情骑士和绝命佳人，

于是，从那些国色天姿的描画，
无论手脚、嘴唇、或眼睛或眉额，
我发觉那些古拙的笔所表达
恰好是你现在所占领的姿色。

所以他们的赞美无非是预言
我们这时代，一切都预告着你；
不过他们观察只用想象的眼，
还不够才华把你歌颂得尽致。

而我们，幸而得亲眼看见今天，
只有眼惊羡，却没有舌头咏叹。

一〇七

无论我自己的忧虑，或那梦想着
未来的这茫茫世界的先知灵魂，
都不能限制我的真爱的租约，
纵使它已注定作命运的抵偿品。

人间的月亮已度过被蚀的灾难，
不祥的占卜把自己的预言嘲讽，
动荡和疑虑既已获得了保险，
和平在宣告橄榄枝永久葱茏。

于是在这时代甘露的遍洒下，
我的爱面貌一新，而死神降伏，
既然我将活在这拙作里，任凭他
把那些愚钝的无言的种族凌辱。

你将在这里找着你的纪念碑，
魔王的金盔和铜墓却被销毁。

一〇八

脑袋里有什么，笔墨形容得出，
我这颗真心不已经对你描画？
还有什么新东西可说可记录，
以表白我的爱或者你的真价？

没有，乖乖；可是，虔诚的祷词
我没有一天不把它复说一遍；
老话并不老；你属我，我也属你，
就像我祝福你名字的头一天。

所以永恒的爱在长青爱匣里
不会蒙受年岁的损害和尘土，
不会让皱纹占据应有的位置，
反而把老时光当作永久的家奴；

发觉最初的爱苗依旧得保养，
尽管时光和外貌都盼它枯黄。

一　〇　九

哦，千万别埋怨我改变过心肠，
别离虽似乎减低了我的热情。
正如我抛不开自己远走他方，
我也一刻离不开你，我的灵魂。

你是我的爱的家：我虽曾流浪，
现在已经像远行的游子归来；
并准时到家，没有跟时光改样，
而且把洗涤我污点的水带来。

哦，请千万别相信（尽管我难免
和别人一样经不起各种试诱）
我的天性会那么荒唐和鄙贱
竟抛弃你这至宝去追求乌有；

这无垠的宇宙对我都是虚幻；
你才是，我的玫瑰，我全部财产。

一一〇

唉，我的确曾经常东奔西跑，
扮作斑衣的小丑供众人赏玩，
违背我的意志，把至宝贱卖掉，
为了新交不惜把旧知交冒犯；

更千真万确我曾经斜着冷眼
去看真情；但天呀，这种种离乖
给我的心带来了另一个春天，
最坏的考验证实了你的真爱。

现在一切都过去了，请你接受
无尽的友谊：我不再把欲望磨利，
用新的试探去考验我的老友——
那拘禁我的、钟情于我的神祇。

那么，欢迎我吧，我的人间的天，
迎接我到你最亲的纯洁的胸间。

一一一

哦，请为我把命运的女神诟让，
她是嗾使我造成业障的主犯，
因为她对我的生活别无赡养，
除了养成我粗鄙的众人米饭。

因而我的名字就把烙印接受，
也几乎为了这缘故我的天性
被职业所玷污，如同染工的手：
可怜我吧，并祝福我获得更新；

像个温顺的病人，我甘心饮服
涩嘴的醋来消除我的重感染；
不管它多苦，我将一点不觉苦，
也不辞两重忏悔以赎我的罪愆。

请怜悯我吧，挚友，我向你担保
你的怜悯已经够把我医治好。

一一二

你的爱怜抹掉那世俗的讥谗
打在我的额上的耻辱的烙印；
别人的毁誉对我有什么相干，
你既表扬我的善又把恶遮隐！

你是我整个宇宙，我必须努力
从你的口里听取我的荣和辱；
我把别人，别人把我，都当作死，
谁能使我的铁心肠变善或变恶？

别人的意见我全扔入了深渊，
那么干净，我简直像聋蛇一般，
凭他奉承或诽谤都充耳不闻。
请倾听我怎样原谅我的冷淡：

你那么根深蒂固长在我心里，
全世界，除了你，我都认为死去。

一一三

自从离开你，眼睛便移居心里，
于是那双指挥我行动的眼睛，
既把职守分开，就成了半瞎子，
自以为还看见，其实已经失明；

因为它们所接触的任何形状，
花鸟或姿态，都不能再传给心，
自己也留不住把捉到的景象；
一切过眼的事物心儿都无份。

因为一见粗俗或幽雅的景色，
最畸形的怪物或绝艳的面孔，
山或海，日或夜，乌鸦或者白鸽，
眼睛立刻塑成你美妙的姿容。

心中满是你，什么再也装不下，
就这样我的真心教眼睛说假话。

一 一 四

是否我的心，既把你当王冠戴，
喝过帝王们的鸩毒——自我阿谀？
还是我该说，我眼睛说的全对，
因为你的爱教会它这炼金术，

使它能够把一切蛇神和牛鬼
转化为和你一样柔媚的天婴，
把每个丑恶改造成尽善尽美，
只要事物在它的柔辉下现形？

哦，是前者；是眼睛的自我陶醉，
我伟大的心灵把它一口喝尽：
眼睛晓得投合我心灵的口味，
为它准备好这杯可口的毒饮。

尽管杯中有毒，罪过总比较轻，
因为先爱上它的是我的眼睛。

一　一　五

我从前写的那些诗全都撒谎，
连那些说“我爱你到极点”在内，
可是那时候我的确无法想象
白热的火还发得出更大光辉。

只害怕时光的无数意外事故
钻进密约间，勾销帝王的意旨，
晒黑美色，并挫钝锋锐的企图，
使倔强的心屈从事物的隆替：

唉，为什么，既怵于时光的专横，
我不可说，“现在我爱你到极点，”
当我摆脱掉疑虑，充满着信心，
觉得来日不可期，只掌握目前？

爱是婴儿；难道我不可这样讲，
去促使在生长中的羽毛丰满？

一 一 六

我绝不承认两颗真心的结合
会有任何障碍；爱算不得真爱，
若是一看见人家改变便转舵，
或者一看见人家转弯便离开。

哦，决不！爱是亘古长明的塔灯，
它定睛望着风暴却兀不为动；
爱又是指引迷舟的一颗恒星，
你可量它多高，它所值却无穷。

爱不受时光的播弄，尽管红颜
和皓齿难免遭受时光的毒手；
爱并不因瞬息的改变而改变，
它巍然矗立直到末日的尽头。

我这话若说错，并被证明不确，
就算我没写诗，也没人真爱过。

一 一 七

请这样控告我：说我默不作声，
尽管对你的深恩我应当酬谢；
说我忘记向你缱绻的爱慰问，
尽管我对你依恋一天天密切；

说我时常和陌生的心灵来往，
为偶尔机缘断送你宝贵情谊；
说我不管什么风都把帆高扬，
任它们把我吹到天涯海角去。

请把我的任性和错误都记下，
在真凭实据上还要积累嫌疑，
把我带到你的颦眉蹙额底下，
千万别唤醒怨毒来把我射死；

因为我的诉状说我急于证明
你对我的爱多么忠贞和坚定。

一一八

好比我们为了促使食欲增进，
用种种辛辣调味品刺激胃口；
又好比服清泻剂以预防大病，
用较轻的病截断重症的根由；

同样，饱尝了你的不腻人的甜蜜，
我选上苦酱来当作我的食料；
厌倦了健康，觉得病也有意思，
尽管我还没有到生病的必要。

这样，为采用先发制病的手段，
爱的策略变成了真实的过失。
我对健康的身体乱投下药丹，
用痛苦来把过度的幸福疗治。

但我由此取得这真正的教训：
药也会变毒，谁若因爱你而生病。

一　一　九

我曾喝下了多少鲛人的泪珠
从我心中地狱般的锅里蒸出来，
把恐惧当希望，又把希望当恐惧，
眼看着要胜利，结果还是失败！

我的心犯了多少可怜的错误，
正好当它自以为再幸福不过；
我的眼睛怎样地从眼眶跃出，
当我被疯狂昏乱的热病折磨！

哦，坏事变好事！我现在才知道
善的确常常因恶而变得更善！
被摧毁的爱，一旦重新修建好，
就比原来更宏伟、更美、更强顽。

因此，我受了谴责，反心满意足；
因祸，我获得过去的三倍幸福。

一二〇

你对我狠过心反而于我有利：
想起你当时使我受到的痛创，
我只好在我的过失下把头低，
既然我的神经不是铜或精钢。

因为，你若受过我狠心的摇撼，
像我所受的，该熬过多苦的日子！
可是我这暴君从没有抽过闲
来衡量你的罪行对我的打击！

哦，但愿我们那悲怛之夜能使我
牢牢记住真悲哀打击得多惨，
我就会立刻递给你，像你递给我，
那抚慰碎了的心的微贱药丹。

但你的罪行现在变成了保证，
我赎你的罪，你也赎我的败行。

一 二 一

宁可卑劣，也不愿负卑劣的虚名，
当我们的清白蒙上不白之冤，
当正当的娱乐被人妄加恶声，
不体察我们的感情，只凭偏见。

为什么别人虚伪淫猥的眼睛
有权赞扬或诋毁我活跃的血？
专侦伺我的弱点而比我坏的人
为什么把我认为善的恣意污蔑？

我就是我，他们对于我的诋毁
只能够宣扬他们自己的卑鄙。
我本方正，他们的视线自不轨；
这种坏心眼怎么配把我非议？

除非他们固执这糊涂的邪说：
恶是人性，统治着世间的是恶。

一 二 二

你赠我的手册已经一笔一划
永不磨灭地刻在我的心版上，
它将超越无聊的名位的高下，
跨过一切时代，以至无穷无疆。

或者，至少直到大自然的规律
容许心和脑继续存在的一天；
直到它们把你每部分都让给
遗忘，你的记忆将永远不逸散。

可怜的手册就无法那样持久，
我也不用筹码把你的爱登记；
所以你的手册我大胆地放走，
把你交给更能珍藏你的册子。

要靠备忘录才不会把你遗忘，
岂不等于表明我对你也善忘？

一 二 三

不，时光，你断不能夸说我在变。
你新建的金字塔，不管多雄壮，
对我一点不稀奇，一点不新鲜；
它们只是旧景象披上了新装。

我们的生命太短促，所以羡慕
你拿来蒙骗我们的那些旧货；
幻想它们是我们心愿的产物，
不肯信从前曾经有人谈起过。

对你和你的纪录我同样不卖账，
过去和现在都不能使我惊奇，
因为你的记载和我所见都扯谎，
都多少是你疾驰中造下的孽迹。

我敢这样发誓：我将万古不渝，
不管你和你的镰刀多么锋利。

一　二　四

假如我的爱只是权势的嫡种，
它就会是命运的无父的私生子，
受时光的宠辱所磨折和播弄，
同野草闲花一起任人们采刈。

不呀，它并不是建立在偶然上；
它既不为荣华的笑颜所转移，
也经受得起我们这时代风尚
司空见惯的抑郁、愤懑的打击。

它不害怕那只在短期间有效、
到处散播异端和邪说的权谋，
不因骄阳而生长，雨也冲不掉，
它巍然独立在那里，深思熟筹。

被时光愚弄的人们，起来作证！
你们毕生作恶，却一死得干净。

一　二　五

这对我何益，纵使我高擎华盖，
用我的外表来为你妆点门面，
或奠下伟大基础，要留芳万代，
其实比荒凉和毁灭为期更短？

难道我没见过拘守仪表的人，
付出高昂的代价，却丧失一切，
厌弃淡泊而拚命去追求荤辛，
可怜的赢利者，在顾盼中雕谢？

不，请让我在你心里长保忠贞，
收下这份菲薄但由衷的献礼，
它不搀杂次品，也不包藏机心，
而只是你我间互相致送诚意。

被收买的告密者，滚开！你越诬告
真挚的心，越不能损害它分毫。

一　二　六

你，小乖乖，时光的无常的沙漏
和时辰（他的小镰刀）都听你左右；
你在亏缺中生长，并昭示大众
你的爱人如何雕零而你向荣；

如果造化（掌握盈亏的大主宰），
在你迈步前进时把你挽回来，
她的目的只是：卖弄她的手法
去丢时光的脸，并把分秒扼杀。

可是你得怕她，你，她的小乖乖！
她只能暂留，并非常保，她的宝贝！
她的账目，虽延了期，必须清算：
要清偿债务，她就得把你交还。

一　二　七

在远古的时代黑并不算秀俊，
即使算，也没有把美的名挂上；
但如今黑既成为美的继承人，
于是美便招来了侮辱和诽谤。

因为自从每只手都修饰自然，
用艺术的假面貌去美化丑恶，
温馨的美便失掉声价和圣殿，
纵不忍辱偷生，也遭了亵渎。

所以我情妇的头发黑如乌鸦，
眼睛也恰好相衬，就像在哀泣
那些生来不美却迷人的冤家，
用假名声去中伤造化的真誉。

这哀泣那么配合她们的悲痛，
大家齐声说：这就是美的真容。

一　二　八

多少次，我的音乐，当你在弹奏
音乐，我眼看那些幸福的琴键
跟着你那轻盈的手指的挑逗，
发出悦耳的旋律，使我魂倒神颠——

我多么艳羡那些琴键轻快地
跳起来狂吻你那温柔的掌心，
而我可怜的嘴唇，本该有这权利，
只能红着脸对琴键的放肆出神！

经不起这引逗，我嘴唇巴不得
做那些舞蹈着的得意小木片，
因为你手指在它们身上轻掠，
使枯木比活嘴唇更值得艳羡。

冒失的琴键既由此得到快乐，
请把手指给它们，把嘴唇给我。

一　二　九

把精力消耗在耻辱的沙漠里，
就是色欲在行动；而在行动前，
色欲赌假咒、嗜血、好杀、满身是
罪恶，凶残、粗野、不可靠、走极端；

欢乐尚未央，马上就感觉无味。
毫不讲理地追求；可是一到手，
又毫不讲理地厌恶，像是专为
引上钩者发狂而设下的钓钩；

在追求时疯狂，占有时也疯狂；
不管已有、现有、未有，全不放松；
感受时，幸福；感受完，无上灾殃；
事前，巴望着的欢乐；事后，一场梦。

这一切人共知；但谁也不知怎样
逃避这个引人下地狱的天堂。

一三〇

我情妇的眼睛一点不像太阳；
珊瑚比她的嘴唇还要红得多。
雪若算白，她的胸就暗褐无光，
发若是铁丝，她头上铁丝婆娑。

我见过红白的玫瑰，轻纱一般；
她颊上却找不到这样的玫瑰；
有许多芳香非常逗引人喜欢，
我情妇的呼吸并没有这香味。

我爱听她谈话，可是我很清楚
音乐的悦耳远胜于她的嗓子；
我承认从没有见过女神走路，
我情妇走路时候却脚踏实地。

可是，我敢指天发誓，我的爱侣
胜似任何被捧作天仙的美女。

一三一

尽管你不算美，你的暴虐并不
亚于那些因美而骄横的女人；
因为你知道我的心那么糊涂，
把你当作世上的至美和至珍。

不过，说实话，见过你的人都说，
你的脸缺少使爱呻吟的魅力；
尽管我心中发誓反对这说法，
我可还没有公开否认的勇气。

当然我发的誓一点也不欺人；
数不完的呻吟，一想起你的脸，
马上联翩而来，可以为我作证：
对于我，你的黑胜于一切秀妍。

你一点也不黑，除了你的人品，
可能为了这原故，诽谤才流行。

一 三 二

我爱上了你的眼睛；你的眼睛
晓得你的心用轻蔑把我磨折，
对我的痛苦表示柔媚的悲悯，
就披上黑色，做旖旎的哭丧者。

而的确，无论天上灿烂的朝阳
多么配合那东方苍白的面容，
或那照耀着黄昏的明星煌煌
（它照破了西方的黯淡的天空），

都不如你的脸配上那双泪眼。
哦，但愿你那颗心也一样为我
挂孝吧，既然丧服能使你增妍，
愿它和全身一样与悲悯配合。

黑是美的本质（我那时就赌咒），
一切缺少你的颜色的都是丑。

一　三　三

那使我的心呻吟的心该诅咒，
为了它给我和我的朋友的伤痕！
难道光是折磨我一个还不够？
还要把朋友贬为奴隶的身分？

你冷酷的眼睛已夺走我自己，
那另一个我你又无情地霸占；
我已经被他（我自己）和你抛弃；
这使我遭受三三九倍的苦难。

请用你的铁心把我的心包围，
让我可怜的心保释朋友的心；
不管谁监视我，我都把他保卫；
你就不能在狱中再对我发狠。

你还会发狠的，我是你的囚徒，
我和我的一切必然任你摆布。

一　三　四

因此，现在我既承认他属于你，
并照你的意旨把我当抵押品，
我情愿让你把我没收，好教你
释放另一个我来宽慰我的心。

但你不肯放，他又不愿被释放，
因为你贪得无厌，他心肠又软；
他作为保人签字在那证券上，
为了开脱我，反而把自己紧拴。

分毫不放过的高利贷者，你将要
行使你的美丽赐给你的特权
去控诉那为我而负债的知交；
于是我失去他，因为把他欺骗。

我把他失掉；你却占有他和我。
他还清了债，我依然不得开脱。

一 三 五 *

假如女人有满足，你就得如“愿”，
还有额外的心愿，多到数不清；
而多余的我总是要把你纠缠，
想在你心愿的花上添我的锦。

你的心愿汪洋无边，难道不能
容我把我的心愿在里面隐埋？
难道别人的心愿都那么可亲，
而我的心愿就不配你的青睐？

大海，满满是水，照样承受雨点，
好把它的贮藏品大量地增加；
多心愿的你，就该把我的心愿
添上，使你的心愿得到更扩大。

别让无情的“不”把求爱者窒息；
让众愿同一愿，而我就在这愿里。

一　三　六

你的灵魂若骂你我走得太近，
请对你那瞎灵魂说我是你“心愿”，
而“心愿”，她晓得，对她并非陌生；
为了爱，让我的爱如愿吧，心肝。

心愿将充塞你的爱情的宝藏，
请用心愿充满它，把我算一个，
须知道宏大的容器非常便当，
多装或少装一个算不了什么。

请容许我混在队伍中间进去，
不管怎样说我总是其中之一；
把我看作微末不足道，但必须
把这微末看作你心爱的东西。

把我名字当你的爱，始终如一，
就是爱我，因为“心愿”是我的名字。

一　三　七

又瞎又蠢的爱，你对我的眸子
干了什么，以致它们视而不见？
它们认得美，也看见美在那里，
却居然错把那极恶当作至善。

我的眼睛若受了偏见的歪扭，
在那人人行驶的海湾里下锚，
你为何把它们的虚妄作成钩，
把我的心的判断力钩得牢牢？

难道是我的心，明知那是公地，
硬把它当作私人游乐的花园？
还是我眼睛否认明显的事实，
硬拿美丽的真蒙住丑恶的脸？

我的心和眼既迷失了真方向，
自然不得不陷入虚妄的膏肓。

一　三　八

我爱人赌咒说她浑身是忠实，
我相信她（虽然明知她在撒谎），
让她认为我是个无知的孩子，
不懂得世间种种骗人的勾当。

于是我就妄想她当我还年轻，
虽然明知我盛年已一去不复返；
她的油嘴滑舌我天真地信任：
这样，纯朴的真话双方都隐瞒。

但是为什么她不承认说假话？
为什么我又不承认我已经衰老？
爱的习惯是连信任也成欺诈，
老年谈恋爱最怕把年龄提到。

因此，我既欺骗她，她也欺骗我，
咱俩的爱情就在欺骗中作乐。

一　三　九

哦，别叫我原谅你的残酷不仁
对于我的心的不公正的冒犯；
请用舌头伤害我，可别用眼睛；
狠狠打击我，杀我，可别要手段。

说你已爱上了别人；但当我面，
心肝，可别把眼睛向旁边张望。
何必要耍手段，既然你的强权
已够打垮我过分紧张的抵抗？

让我替你辩解说：“我爱人明知
她那明媚的流盼是我的死仇，
才把我的敌人从我脸上转移，
让它向别处放射害人的毒镞！”

可别这样；我已经一息奄奄，
不如一下盯死我，解除了苦难。

一　四　〇

你狠心，也该放聪明；别让侮蔑
把我不作声的忍耐逼得太甚；
免得悲哀赐我喉舌，让你领略
我的可怜的痛苦会怎样发狠。

你若学了乖，爱呵，就觉得理应
对我说你爱我，纵使你不如此；
好像暴躁的病人，当死期已近，
只愿听医生报告健康的消息；

因为我若是绝望，我就会发疯，
疯狂中难保不把你胡乱咒骂。
这乖张世界是那么不成体统，
疯狂的耳总爱听疯子的坏话。

要我不发疯，而你不遭受诽谤，
你得把眼睛正视，尽管心放荡。

一 四 一

说实话，我的眼睛并不喜欢你，
它们发见你身上百孔和千疮；
但眼睛瞧不起的，心儿却着迷，
它一味溺爱，不管眼睛怎样想。

我耳朵也不觉得你嗓音好听，
就是我那容易受刺激的触觉，
或味觉，或嗅觉都不见得高兴
参加你身上任何官能的盛酌。

可是无论我五种机智或五官
都不能劝阻痴心去把你侍奉，
我昂藏的丈夫仪表它再不管，
只甘愿作你傲慢的心的仆从。

不过我的灾难也非全无好处：
她引诱我犯罪，也教会我受苦。

一　四　二

我的罪咎是爱，你的美德是憎，
你憎我的罪，为了我多咎的爱。
哦，你只要比一比你我的实情，
就会发觉责备我多么不应该。

就算应该，也不能出自你嘴唇，
因为它们亵渎过自己的口红，
劫夺过别人床弟应得的租金，
和我一样屡次偷订爱的假盟。

我爱你，你爱他们，都一样正当，
尽管你追求他们而我讨你厌。
让哀怜的种子在你心里暗长，
终有天你的哀怜也得人哀怜。

假如你只知追求，自己却吝啬，
你自己的榜样就会招来拒绝。

一 四 三

看呀，像一个小心翼翼的主妇
跑着去追撵一只逃走的母鸡，
把孩子扔下，拚命快跑，要抓住
那个她急着要得回来的东西；

被扔下的孩子紧跟在她后头，
哭哭啼啼要赶上她，而她只管
望前一直追撵，一步也不停留，
不顾她那可怜的小孩的不满。

同样，你追那个逃避你的家伙，
而我（你的孩子）却在后头追你；
你若赶上了希望，请回头照顾我，
尽妈妈的本分，轻轻吻我，很和气。

只要你回头来抚慰我的悲啼，
我就会祷告神让你从心所欲。

一四四

两个爱人像精灵般把我诱惑，
一个叫安慰，另外一个叫绝望。
善的天使是个男子，丰姿绰约；
恶的幽灵是个女人，其貌不扬。

为了促使我早进地狱，那女鬼
引诱我的善精灵硬把我抛开，
还要把他迷惑，使沦落为妖魅，
用肮脏的骄傲追求纯洁的爱。

我的天使是否已变成了恶魔，
我无法一下子确定，只能猜疑；
但两个都把我扔下，互相结合，
一个想必进了另一个的地狱。

可是这一点我永远无法猜透，
除非是恶的天使把善的撵走。

一 四 五

爱神亲手捏就的嘴唇
对着为她而憔悴的我，
吐出了这声音说，“我恨”。
但是她一看见我难过，

心里就马上大发慈悲，
责备那一向都是用来
宣布甜蜜的判词的嘴，
教它要把口气改过来。

“我恨”，她又把尾巴补缀，
那简直像明朗的白天
赶走了魔鬼似的黑夜，
把它从天堂甩进阴间。

她把“我恨”的恨字摒弃，
救了我的命说，“不是你”。

一 四 六

可怜的灵魂，万恶身躯的中心，
被围攻你的叛逆势力所俘掳，
为何在暗中憔悴，忍受着饥馑，
却把外壁妆得那么堂皇丽都？

赁期那么短，这倾颓中的大厦
难道还值得你这样铺张浪费？
是否要让蛆虫来继承这奢华，
把它吃光？这可是肉体的依皈？

所以，灵魂，请拿你仆人来度日，
让他消瘦，以便充实你的贮藏，
拿无用时间来兑换永久租期，
让内心得滋养，别管外表堂皇。

这样，你将吃掉那吃人的死神，
而死神一死，世上就永无死人。

一　四　七

我的爱是一种热病，它老切盼
那能够使它长期保养的单方，
服食一种能维持病状的药散，
使多变的病态食欲长久盛旺。

理性（那医治我的爱情的医生）
生气我不遵守他给我的嘱咐，
把我扔下，使我绝望，因为不信
医药的欲望，我知道，是条死路。

我再无生望，既然丧失了理智，
整天都惶惑不安、烦躁、疯狂；
无论思想或谈话，全像个疯子，
脱离了真实，无目的，杂乱无章；

因为我曾赌咒说你美，说你璀璨，
你却是地狱一般黑，夜一般暗。

一　四　八

唉，爱把什么眼睛装在我脑里，
使我完全认不清真正的景象？
竟错判了眼睛所见到的真相？
如果我眼睛所迷恋的真是美，

为何大家都异口同声不承认？
若真不美呢，那就绝对无可讳，
爱情的眼睛不如一般人看得真。
当然喽，它怎能够，爱眼怎能够

看得真呢，它日夜都泪水汪汪？
那么，我看不准又怎算得稀有？
太阳也要等天晴才照得明亮。

狡猾的爱神！你用泪把我弄瞎，
只因怕明眼把你的丑恶揭发。

一 四 九

你怎能，哦，狠心的，否认我爱你，
当我和你协力把我自己厌恶？
我不是在想念你，当我为了你
完全忘掉我自己，哦，我的暴主？

我可曾把那恨你的人当朋友？
我可曾对你厌恶的人献殷勤？
不仅这样，你对我一皱起眉头，
我不是马上叹气，把自己痛恨？

我还有什么可以自豪的优点，
傲慢到不屑于为你服役奔命，
既然我的美都崇拜你的缺陷，
唯你的眼波的流徙转移是听？

但，爱呵，尽管憎吧，我已猜透你：
你爱那些明眼的，而我是瞎子。

一 五 〇

哦，从什么威力你取得这力量，
连缺陷也能把我的心灵支配？
教我诬蔑我可靠的目光撒谎，
并矢口否认太阳使白天明媚？

何来这化臭腐为神奇的本领，
使你的种种丑恶不堪的表现
都具有一种灵活强劲的保证，
使它们，对于我，超越一切至善？

谁教你有办法使我更加爱你，
当我听到和见到你种种可憎？
哦，尽管我锺爱着人家所嫌弃，
你总不该嫌弃我，同人家一条心。

既然你越不可爱，越使得我爱，
你就该觉得我更值得你喜爱。

一 五 一

爱神太年轻，不懂得良心是什么；
但谁不晓得良心是爱情所产？
那么，好骗子，就别专找我的错，
免得我的罪把温婉的你也牵连。

因为，你出卖了我，我的笨肉体
又哄我出卖我更高贵的部分；
我灵魂叮嘱我肉体，说它可以
在爱情上胜利；肉体再不作声，

一听见你的名字就马上指出
你是它的胜利品；它趾高气扬，
死心蹋地作你最鄙贱的家奴，
任你颐指气使，或倒在你身旁。

所以我可问心无愧地称呼她
做“爱”，我为她的爱起来又倒下。

一　五　二

你知道我对你的爱并不可靠，
但你赌咒爱我，这话更靠不住；
你撕掉床头盟，又把新约毁掉，
既结了新欢，又种下新的憎恶。

但我为什么责备你两番背盟，
自己却背了二十次！最反复是我；
我对你一切盟誓都只是滥用，
因而对于你已经失尽了信约。

我曾矢口作证你对我的深爱，
说你多热烈、多忠诚、永不变卦，
我使眼睛失明，好让你显光彩，
教眼睛发誓，把眼前景说成虚假——

我发誓说你美！还有比这荒唐：
抹煞真理去坚持那么黑的谎！

一五三

爱神放下他的火炬，沉沉睡去：
月神的一个仙女乘了这机会
赶快把那枝煽动爱火的火炬
浸入山间一道冷冰冰的泉水；

泉水，既从这神圣的火炬得来
一股不灭的热，就永远在燃烧，
变成了沸腾的泉，一直到现在
还证实具有起死回生的功效。

但这火炬又在我情妇眼里点火，
为了试验，爱神碰一下我胸口，
我马上不舒服，又急躁又难过，
一刻不停地跑向温泉去求救，

但全不见效：能治好我的温泉
只有新燃起爱火的、我情人的眼。

一　五　四

小小爱神有一次呼呼地睡着，
把点燃心焰的火炬放在一边，
一群蹁跹的贞洁的仙女恰巧
走过；其中最美的一个天仙

用她处女的手把那曾经烧红
万千颗赤心的火炬偷偷拿走，
于是这玩火小法师在酣睡中
便缴械给那贞女的纤纤素手。

她把火炬往附近冷泉里一浸，
泉水被爱神的烈火烧得沸腾，
变成了温泉，能消除人间百病；
但我呵，被我情妇播弄得头疼，

跑去温泉就医，才把这点弄清：
爱烧热泉水，泉水冷不了爱情。